Der Tag, an dem die Sonne nicht mehr aufging

Es geschieht tagtäglich an vielen Plätzen der Erde. Meist müssen nur Unschuldige darunter leiden. Sie leiden, weil sich irgendwelche Menschen wegen ihrer Hautfarbe bekämpfen, sich aufgrund ihres Glaubens die Köpfe einschlagen, es um irgendwelche Besitzansprüche geht oder man sich wegen des Erdöls streitet. Es geht um Krieg. Es ist das abscheulichste Mittel, das die Menschen in Konflikten einsetzen können.
Viele Kinder sind unter den Opfern eines Krieges zu beklagen, und die können am allerwenigsten dafür. Dass es aber auch anders gehen kann, das möchte ich in dieser Geschichte erzählen.

„Komm, Alisa, es ist Zeit ins Bett zu gehen", ermahnte ihre Mutter sie jetzt schon zum zweiten Mal. „Ach bitte, Mama, Papa ist noch nicht zu Hause und ich möchte ihm noch gute Nacht sagen. Lass mich bitte noch aufbleiben." „Alisa, ich weiß nicht, wann dein Vater heimkommt. Du weisst, dass er seit Beginn der Unruhen in der Kaserne bleiben muss."

Alisas Vater war Kommandant einer Einheit, die in ständige Alarmbereitschaft versetzt worden war.
Angefangen hatte dieser Konflikt damit, dass zwei Nationen ihre Grenzen nicht mehr anerkennen wollten. Es ging um ein kleines Stück Land, das vor ein paar Hundert Jahren von dem einem Land an das andere abgetreten worden war. Nun wollte man es zurück haben. Man berief sich darauf, dass die Abtretung damals unrechtmäßig gewesen wäre.
Es wurde fieberhaft verhandelt, viele Botschafter wurden hin und her geschickt, aber es wurde keine Lösung gefunden. Die Verhandlungen wurden abgebrochen, man wollte eine militärische Lösung – ein Krieg sollte beginnen.

„Mama, was ist Krieg?“, fragte die kleine Alisa. Ihre Mutter hatte es mittlerweile geschafft, sie ins Bett zu bringen.
„Also Krieg ist“, die Mutter stockte, denn sie wusste gar nicht, wie sie dies einem sechsjährigem Kind erklären sollte. Sie begann noch einmal: „Also das ist, wenn sich die Menschen zweier Länder nicht mehr verstehen, sie sich streiten und Soldaten an ihre Grenzen schicken, die dann mit Gewehren aufeinander schießen.“
„Und danach sind viele Menschen tot“, unterbrach Alisa ihre Mutter. „Stimmt das Mama?“
„Ja, mein Kind, so ungefähr ist es richtig.“
„Und wann geht es denn los, wann beginnt denn dieser Krieg?“, fragte Alisa. „Dein Vater hat gesagt, dass es bei

Sonnenaufgang anfangen wird“, antwortete die Mutter. „Bete jetzt noch und schlaf dann bitte.“
„Lieber Gott, beschütze meine Mama und meinen Papa, damit er unverletzt zurückkommt. Ach lieber Gott, wenn der Krieg bei Sonnenaufgang anfangen soll, mach doch einfach, dass die Sonne nicht mehr aufgeht. Dann werden sie sich nicht totschießen.“ Danach schlief Alisa ein.
Mitten in der Nacht wachte das Mädchen schweißgebadet auf. Sie hatte vom Krieg geträumt, einem schlimmen Krieg mit vielen Toten. „Ich muss etwas tun, ich muss etwas tun“, dachte sie sich. „Ich werde loslaufen und die Soldaten bitten, wieder nach Hause zu gehen“. Gesagt getan, kurze Zeit später hatte sie sich angezogen, schlich sich heimlich aus dem Haus und machte sich auf den langen Weg.
Die Soldaten saßen in ihren Stellungen und warteten auf das Zeichen, um endlich losschlagen zu dürfen. Die Sonne sollte an diesem Tag um 6.30 Uhr aufgehen. Danach sollte der Befehl zum Angriff kommen.
Sie warteten und warteten, aber es tat sich nichts. Viele wurden nervös, schauten gespannt auf ihre Uhr. Mittlerweile war es schon 6.45 Uhr. „Machen Sie einen Uhrenvergleich“, befahl der kommandierende General. „Die Sonne ist schon eine Viertelstunde überfällig. Wo bleibt sie denn, verdammt noch mal?“ Es war eine sternklare Nacht, sie mussten den Sonnenaufgang einfach sehen. Ratlosigkeit herrschte in den verfeindeten Lagern.

„Herr General, schauen Sie mal, es tut sich etwas“, meldete ein Beobachter. „Da läuft ein kleines Mädchen,“ sagte er.
„Vier Mann kommen mit mir“, befahl der General, sprang in einen Jeep und fuhr zu dem Kind. Auf der Gegenseite hatte man das Gleiche beobachtet und ebenfalls einen kleinen Trupp in Gang gesetzt.
Beide Autos trafen fast zur gleichen Zeit auf dem Platz ein. „Alisa, oh mein Gott, es ist meine Tochter“, schrie der Kommandant entsetzt auf, ergriff das Kind und schloss es in seine Arme. „Alisa, wie kommst du hierher?“, fuhr ihr Vater sie, den Tränen nahe, an. „Papa, ich bin hierher gelaufen, um einen Krieg zu verhindern. Ihr müsst mich bitte anhören.“
Die anderen Soldaten waren jetzt ebenfalls an dem Ort des Geschehens angekommen, sprangen aus ihren Wagen und richteten ihre Gewehre auf die anderen. „Nicht schießen“, rief Alisas Vater, „hier ist ein unschuldiges Kind.“
„Papa, lass mich bitte herunter. Also hört mir zu“, sagte sie. „Als ich gestern abend zu Bett ging, habe ich gebetet. Ich habe mir gewünscht, dass die Sonne nicht mehr aufgehen sollte. Wie ihr seht ist mein Wunsch in Erfüllung gegangen. Ihr dürft keinen Krieg führen. Erst wenn ihr Frieden miteinander geschlossen habt, wird sie wieder am Horizont erscheinen.“
„Unsinn!“, erwiderte einer, „so etwas gibt es nicht.“ „Also Herr Soldat, hören Sie mir zu, es ist wirklich so. Geben Sie es an Ihren Präsidenten weiter.“

Unter der Truppe war mittlerweile eine Unruhe ausgebrochen. Jeder fragte sich, wo die Sonne bliebe, aber man fand keine Erklärung dafür. Vom Weltuntergang sprachen einige, von Teufelswerk andere. Angst und Panik gingen um.

Alisas Botschaft sprach sich in Windeseile herum. Die Funkgeräte standen nicht mehr still. Die beiden Präsidenten der Nationen erfuhren von Alisa und beschlossen, sich am Ort des Geschehens zu treffen.

Knatternd näherten sich die beiden Präsidentenhubschrauber dem Ort.

Von zahlreichen Sicherheitsbeamten begleitet stiegen die beiden Staatsoberhäupter aus ihren Helikoptern. Ihre Kommandanten erklärten ihnen die Sachlage.

Die Präsidenten gingen beide gemeinsam auf Alisa zu. „Komm mit uns, kleines Fräulein, wir möchten mit dir reden." Die beiden mächtigsten Männer der Erde und das sechsjährige Mädchen setzten sich zusammen ins Gras und redeten miteinander. Da es dunkel war, hatte man eine Lampe zwischen sie gestellt. Es sah fast so aus, als würden sie um ein Lagerfeuer herumsitzen.

Fast eine Stunde lang waren sie zusammen, dann standen sie auf.

„Gebt eine Nachricht an alle Truppen heraus. Sie sollen wieder in ihre Kasernen zurückkehren. Es wird keinen Krieg geben. Wir werden die Gespräche wieder aufnehmen, um doch noch eine friedliche Lösung zu finden. Gebt es so auch an die Medien weiter." Die Fernschreiber ratterten. „Kleines Mädchen verhindert Krieg", so stand es auf den Mitteilungen.

„Alisa, du hast uns beide vor einer großen Dummheit bewahrt. Wir danken dir dafür." „Die Sonne geht auf", schrie ein Soldat, „die Sonne geht auf!" Und tatsächlich sah man am Horizont die ersten Sonnenstrahlen. Langsam stieg die Sonne empor.
Fast majestätisch sah sie aus und sie leuchtete in einem kräftigen dunklen Rot, als wollte sie etwas mitteilen. Vielleicht war es auch eine Warnung an die Menschen, so nicht weiter zu machen.
Die Soldaten ließen ihre Gewehre fallen. Einigen liefen die Tränen an den Wangen herunter, viele umarmten sich. Beide Staatsoberhäupter nahmen Alisa an der Hand und der eine sagte: „Schau, Kleine, das ist der schönste Sonnenaufgang, den wir je gesehen haben. Ich denke, dass das ein Signal für die ganze Menschheit sein wird, endlich in Frieden miteinander zu leben." Die Sonne war jetzt schon fast ganz am Horizont zu sehen.

– ☙ –

In den Geschichtsbüchern wurde dieser Tag als einer der geschichtsträchtigsten der Menschheit beschrieben.
In den chronologischen Büchern stand nur der Beisatz:
Die Sonne ging heute mit vierstündiger Verspätung auf.
Ansonsten alles in den normalen Parametern,
was immer das auch heißen möge.